El gran partido de Guille

ISBN 0-7696-4207-1

9 780769 642079

50395

EAN

School Specialty® Publishing

Derecho del texto © Evans Brothers Ltda. 2005. Derecho de ilustración © Evans Brothers Ltda. 2005. Primera publicación de Evans Brothers Limited, 2a Portman Mansions, Chiltern Street, Londres W1U 6NR, Reino Unido. Se publica esta edición bajo licencia de Zero to Ten Limited. Reservados todos los derechos. Impreso en China. Gingham Dog Press publica esta edición en 2005 bajo el sello editorial de School Specialty Publishing, miembro de la School Specialty Family.

Biblioteca del Congreso. Catalogación de la información sobre la publicación en poder del editor.

Para cualquier información dirigirse a:
School Specialty Publishing
8720 Orion Place
Columbus, OH 43240-2111

ISBN 0-7696-4207-1

1 2 3 4 5 6 7 8 9 10 EVN 10 09 08 07 06 05

El gran partido de Guille

de Paul Harrison
ilustraciones de Silvia Raga

GINGHAM DOG
PRESS

Columbus, Ohio

Hoy es el gran partido.

Guille está en el equipo.

Ha venido todo el mundo.

8

9

Empieza el partido.

Guille cabecea la pelota.

Le cometen falta.

¡Tarjeta amarilla!

Guille tiene la pelota otra vez.

Lanza.

Mete un gol.

23

¡Gana el partido!

Guille recibe el trofeo.

Lo levanta para
mostrarlo...

¡y se despierta!

Palabras que conozco

partido	tarjeta
equipo	mete
lanza	cabecea
pelota	se despierta

¡Piénsalo!

1. ¿Qué clase de partido jugó Guille?

2. ¿Qué es una tarjeta amarilla?

3. ¿Por qué fue importante el tiro de Guille?

4. ¿Pasó esto de verdad? ¿Cómo lo sabes?

El cuento y tú

1. ¿Juegas tú a algo o practicas algún deporte? ¿Cuál?

2. ¿Has marcado alguna vez el tanto ganador? ¿Cómo te sentiste?

3. Si pudieras ser un héroe deportivo, ¿quién serías?